150
열린시학 시인선

친애하는 나의 살모사

박남현 시집

고요아침

■ 시인의 말

중학교 2학년 때쯤이었을까, 어느 일요일 오후였다. 어머니는 빨래를 개고 계셨고 나는 옆 마룻바닥에 엎드려 책을 읽고 있었다. 어머니는 "남현아, 너는 커서 뭐가 되고 싶냐?"고 물어오셨다. "네, 저는 커서 포도주를 잘 담그는 장인이 되고 싶습니다." "그건 아니 된다. 장인은 밥 빌어먹기 어렵고 굶어 죽기 딱 알맞단다." 그러셨다. 오래적의 기억이라 가물거리지만 "제가 빚은 포도주를 음미하며 삶의 의미를 찾아보고 싶거든요"라는 식의 조금은 억지스러운 대답에 어머니는 엎드려 있는 막둥이를 빤히 쳐다보시면서 더 이상 말씀이 없으셨다.

나는 포도주를 잘 담그는 장인이 되는 게 꿈이고 희망이었다.

그러나 인생사가 꿈대로 되던가? 성인이 되어 결혼해 세파에 시달리다 보니 꿈은 허황된 포말 같은 거였다. 그래도 틈틈이 포도 농장을 기웃거리면서 남들이 빚어 놓은 포도주 맛을 열심히 음미하기도 하고 포도 농장에서 포도나무 키우는 법을 배우기도 하였다. 그렇게 떠돌이 수십 년. 나이 칠십 황혼에서 황송하게도 가슴이 넉넉한 농장주 한 분을 만나게 되었다. 수만 평의 널따란 포도밭을 가지고 계셨으며, 포도주도 최고의 맛을 내시는 분이셨다. 은사님께선 항상 격려의 말씀으로 다독거려 주시며 꿈은 이루어질 수 있다고 하셨다. 포도나무에는 어떠한 거름을 어떻게 쓰고, 가지치기, 포도알 관리법, 술통은 어떤 게 좋으며, 이러한 잡다한 것까지 세세히 지도해 주셨다. 그 결과 고심 고심 끝에 부끄러운 넋두리를 내어놓게 되었다.

이 지면을 빌려 은사님이신 조선대학교 글로벌대학 학장님이신 이상원 교수님께 깊이깊이 머리 숙여 감사의 말씀을 올린다. 그리고 어려움이 있을 때마다 항상 뒤에서 격려의 말씀을 아끼시지 않던 전 국립창원산재병원 박동현 병원장님과 사모님께도 깊이깊이 머리 숙여 감사의 말씀을 드린다. 금년에 희수喜壽를 맞이하시는 병원장님께 축수祝壽를 드리며, 사모님께서도 오래도록 강녕하시길 기원한다. 또 멀리서나마 따뜻하게 다독거려 주신 미국 L.A에 계신 박서현 사장님과 사모님께도 이 지면을 빌려 머리 숙여 깊은 감사의 말씀 드린다. 또 옆에서 잔소리로 채찍질해준 곰돌이와 사랑하는 두 쿵쿵이에게도 고마움을 표하고 싶다.

비록 서투른 솜씨로 빚어낸 첫 포도주이지만 애호가라면 얼굴 찡그리지 않고 시음해 주시기를 기원해 마지않는다.

2023년 4월

박남현

■ 차례

제2부 미황사 동백

제3부 친애하는 나의 살모사

제4부 냇물은 요란스럽고 깊은 물은 조용히 흐르고

제5부 성마 72-1호 작전

1부

넝쿨장미

공작선인장꽃

에스메랄다
정열의 집시 여인
가냘픈 손가락의 흐느낌
너의 심장을 꿰뚫는 아픔
검붉은 불꽃
쏟아지는 유성을 삼키네

미칠 듯
내뿜는 격정의 숨결 플라멩고
탭댄스는 잠자는 가이아를 깨우고
금방이라도 숨이 멈춰버릴 것 같은
그대의 몸부림에
정열의 활화산처럼 불꽃이 타오르네

에스메랄다
정열의 집시 여인
그랑고아르는
그대를 위한 연정의 노래를 불렀지만
정수리의 칼끝은 그랑고아르의 심장을 거부하네

'사랑은 한 사람의 천사가 되며 천국'*이라는 눈물

그대 눈물은 정녕 페뷔스뿐이었던가

미칠 듯 미칠 듯 내뿜는 태풍 같은 숨결

에스메랄다

정열의 집시 여인

불타오르는 저 불꽃!

* 「노트르담 꼽추」에서 인용.

군자란꽃

침묵沈默 그리고 고요
산고産苦의 아픔에
양수羊水가 터지고
무영등無影燈 불빛이 아픔을 재촉한다
첫울음 소리
집안 가득 물결쳤지만
보청기補聽器를 낀 내 귀엔 아무것도 들리지 않았다

너의 해맑은 미소
신음하는 환희의 눈동자
떠오르는 찬란한 태양

산벚꽃

산벚꽃 떨어지네
보슬비 싸르륵싸르륵 꽃잎을 밟네
꽃잎엔 눈물 가득
보내기 서러워

어디로 가려는가
바람은 자기를 따라가자 하네
그대 두고 갈 수 없어
자꾸 뒤돌아보네

바람은 재촉하네
가다가 멈추면
그 자리에 눈물 남겨
그대 보려 하네

목련 1

햇살 속
보조개는 망막처럼 맑고
사모하는 마음 가득
하트의 라떼 향을 마시며
시를 읊조리는 여자
눈물이 흘러내릴 듯
젖은 눈동자

갠지스강에 띄우는
촛불의 염원처럼
타오르는 그대의 연서
다음 생애를 기약하듯
오늘 밤도
낮처럼 환하다

목련 2

가지 끝에 학 한 마리
삼동三冬 끝은 아직도 남았는데
아롱대는 봄
날개깃 안에 숨기었네

'사월의 노래' 부르던
소녀 떠나고
기다림의 긴 봄밤
학이 보듬어 안는다

나른한 봄 잠에 취한
우리의 꿈
파란 하늘에
양들이 걸어오네

이별
날개를 쫘악 펴
날아가네
먼 길을 가네

모과木果

못생겼다 못생겼다
그대 두고 하는 말인가
개의치 마시게
남의 말하기 좋아하는
소인배는 어디든 있다네

그대만이 갖는 향
어느 가인佳人의 분향에 비하리

과육果肉은 병을 낫게 하고
향香은 정신을 맑게 해주며
식후엔 그대와 한담閑談을 나누니
만인의 벗은 그대뿐
못생겼다 한탄恨歎하지 말게나
소인배들의 못남을 탓하게
겉과 속은 다른 것

질경이

밟혀도 밟혀도 질긴 눈물
어느 누가 눈물을 흘리지 않고 살았으랴
어제 눈물 다르고 오늘 눈물 다르더라
층층이 설움도 달랐느니
아픔도 제각각
밟혀서 짓이겨진 고통의 눈물

추운 겨울 막노동으로 곤죽이 되었을 때
이 자식 그것도 일이라 해 삽자루를 던지며
삿대질에 윽박지르던 십장의 호된 질타
아무도 안아주는 사람 없고 냉소만 보이더라
산다는 게 환상이고 모험이며 괴로움뿐
'일용직 대기실'에서 커피믹스가 들어간 배속은
꼬르륵꼬르륵 요동을 친다
주르륵주르륵 빗방울은 마음을 적시는데
우산도 없이 일터로 달려갔노라
눈물은 빗물과 섞이고
호주머니에 몇만 원을 넣고 새끼들에게 달려가네
오늘 하루, 비를 맞는 게 삶의 일부분, 처져버린 육신

어느 누구 하나 다정하게 이름 한 번 불러주지 않더라

밟히는 것을 운명이라 생각지 말자
휘어진 물줄기도 곧게 돌려놓듯이 자신이 만들어 가는 것
밟히고 밟히고 또 밟혀도 아무도 눈물 닦아 주지 않으니
운명은 눈물을 흘리지 않고는 바뀌지 않는 법
애완견보다 못한 나

응달진 곳이라 눈물을 보이지 말자
누구는 처음부터 걸쭉한 흙에서만 살았으랴
담장 밑에서 밟히고 또 밟히더라도
다시 일어나리, 눈서리 후엔 더욱 질기리

쥐똥나무꽃

굽은 선로

그대와 시작한 길, 절뚝거리며 맞잡고 걸었지

침묵 위 선로는 소름이 돋을 정도로 차가운 쇳덩어리였어

우리를 따뜻하게 안아주는 건 선로 옆 쥐똥나무꽃

향에 취한 우리는 농염의 불꽃이었지

병원에서 우리는 발을 동동 구르며 얼마나 울었던가

신의 가혹한 형벌, 우리가 무엇을 잘못하였기에

우리의 사랑을 시샘하는가

그날 그대와 손잡고 걷던 날

그대의 눈빛 속에 고인 눈물

선로 위로 떨어져 깨어지고

부르르 떨며 잡던 손

"이 꽃 이름 알아요?"

"쥐똥나무꽃!"

"당신을 사랑한 만큼, 사랑하는 꽃입니다"

입맞춤해 주더니

그대의 향기만 남았구려

매섭도록 차가웠던 선로

깨어진 눈물의 흔적

그대의 따스한 체온도 식어가고
쥐똥나무꽃 한 줌
그대 가슴에 담아 줬더니
내 마음만 두고 떠나갔구려

침목 위 굽은 선로
처음 시작했던 길
쥐똥나무꽃은 그대로인데
혼자서 빈 선로만 걷는구려
손목에 걸어준 풀꽃 시계
자정까진 돌아오겠다던
그곳에서의 시계는 멈추어 버렸나요
눈물 흔적 지워버린
쥐똥나무꽃 한 움큼

담쟁이

나비의 날갯짓도 멈추었다 적막하다 못해 소름이 돋는다
이것은 소리 없는 전투 우리는 저 고지를 넘어야 한다
대장도 없고, 인솔 장교도 없다
군번도 없고, 계급장도 없는 푸른 유니폼의 전우들이여
철조망 같은 고지 좀비처럼 덤벼드는 소낙비
진흙 속의 낙오자들 너희들은 너희들대로 진지를 구축하라
하나를 얻기 위해서는 몇 사람의 희생은 감수해야 한다
우리의 눈물을 헛되게 하지 말자
또르륵 또르륵 귀뚜라미들도 짧은 7월의 밤이슬을 맞으며
그대들의 건승을 빌어 준다

가 진지에서 쉬어라 씨레이션으로 허기를 달래고
해가 떨어지면 진 지지로 이동한다
부비트랩은 한 가닥의 선이 죽음을 좌우한다
담배 연기는 적들의 총알받이
적들은 우리보다 열 배의 밝은 눈을 가졌다
고지를 넘기 위해서는 바위틈 사이사이를 은폐와 엄폐로 이용하라
북극성이 지도일 뿐 작전 지도도 없다
강요하지 않는다 빨리 가려고도 하지 말아라

오직 살아야 한다
'나는 안돼'라는 생각은 실패자의 비굴함
넘을 수 있다는 의지를 가져라
불가능을 가능으로 바꿀 수 있는 건 오직 '신념'뿐

저 고지를 넘기 위해선 시계를 버려라
시계 없는 전쟁만이 승리한다
까마귀 떼의 모습은 보이지 말라
일렬종대로 또는 횡대로 누구든 먼저 안전하게 넘어라
살아서 넘어라
"전쟁에서 목숨을 잃는 자는 도망쳐서 목숨을 구한 자보다 훌륭하다"*
신념을 가져라 이것은 총소리 없는 전쟁

* 『돈키호테』 2권 316쪽 인용.

홍매화

가녀린 입술
앳된 입술로
와
내 마음에 안기면
사랑으로 안으리

젖망울 같은
그대의 사랑
그리워
한참을 들여다보노라면
앳된 입술

대롱대롱
눈물 가득
눈망울에 담고
아침 이슬에 떨고 있는
앳된 너

넝쿨장미

뽀송뽀송하고 오동통한 것이
영락없는 복순이 넌 옷자락
6월이면
담장 너머로 고개를 빼꼼히 내밀며
생글생글 웃는 모습마저 그대로네

산사 뻐꾸기 저리도 울어 대니
끝자락 타고 연지곤지 찍어 바른
복순이 넌
백 년 서방하고
볼록한 배를 안고
"엄니"
싸리문 밀며 들어설 것만 같네

달맞이꽃

싫다 말할까
떠나는 님

하현달 서러워
서산에 멈추었네

섬섬옥수
열두 줄 짧은 이 밤

오실까
삽짝 문 열어
베갯잇 적시고

떨어지는 오동잎
한숨 이래라

또르륵 또르륵 귀뚜리 울음
기다리는 님 발자국 소리

장미

나의 미모만 보지 마세요
온갖 교만과 어리석음과 교태로 가득 차 있지 않나요?
그대는
나의 미모에 빠져 헤어 나오질 못하네요
함부로 꺾지 마세요
가시에 찔려요
릴케는 순수한 모순덩어리*를 사랑하다 죽었다네요
장미의 덫에 걸려든 거예요

구름 속의 태양은
구름이 걷혀야 볼 수 있지요

* 릴케가 연인에게 주기 위해 장미를 꺾다 가시에 찔린다. 파상풍으로 죽게 되면서 연인에게 마지막 남긴 말, "나는 장미 때문에 죽지만 그래도 장미를 사랑한다".

수선화

조그마한 봄이 앉아 있다
저 넓은 봄을 두고
유리창 너머로 다소곳이 앉아
밖을 바라본 봄
보조개 속에
환한 치아가 고웁다

노오란 병아리 저고리 연둣빛 치마
봄을 휘어 감고
엷은 미소
어린 수양버들 어르네

저만치
먹구름 달려오고
한바탕
분탕질하더니
꿈틀대는 봄

몇 발자국 앞서 가더니
뒤돌아 와
손 마주 잡고 걸어가는
노랑나비

늦은 봄

그대 온다기에
동무들과 손 마주하고
당산나무까지 나갔네

천천히 걸어오는 어둠
저만치 멈추어 선 마지막 버스
그대 보이지 않고
꽃소식도 없었네

달랑진 흐드러진 동백
시샘한 눈꽃
여싯몰 개울 버들강아지
그대 기다리네

돔 밖에 삽사리
멍석만 한 햇살 속
꼬리를 물고 맴돌며
그대 기다리네

엽서

엽서에다
아침에 눈을 뜬 당신에게
제일 먼저 담아드릴 거예요
상쾌한 아침의 노래를

엽서에는
당신이 그립다는 말로 가득 채워져 있어요
보고 보아도 그리운 당신

엽서에는
라떼향 그윽한 커피 한 잔
영롱한 당신의 얼굴을 담았어요

엽서에는
부끄러워 말 못 한 소중하고 소중한
사랑한다는 말로 가득해요

엽서에는
당신에게 아낌없이 주고픈
애틋함이란 말을 썼어요

엽서에는
배추꽃이 가득 담긴 봄의
전령사들이 날아다녀요

뭉게구름

보랏빛 바람이 분다
보라색 향이 흐른다
쪽빛 하늘 구름 두어 점
가만가만 걷는다

할아버지가 걷는다
어린 손주 앞세우고
옛날이야기 들려주며
조용히 걷는다

걷다 힘들다 투정 부리면
구부정한 허리에 깍지 끼운 손가락
어부바한다
보랏빛 향에 잠이 들고

보랏빛 바람이 분다
쪽빛 하늘 구름 두어 점
손주 깨울까 봐
구부정한 허리로 가만가만 걷는다

2부

미황사 동백

사부가思父歌

구천에서 동가식서가숙하시는 당신
찬밥이라도 하루 세끼 챙기시는지요
일 년에 한 번 홍동백서
산해진미가 무슨 위로가 되겠습니까

닳고 닳은 누런 일기장
황폐한 산야에
한 톨의 씨앗이라도 더 뿌리겠다 뛰어다니시던 당신
메말라버린 붉은 산야에
뿌린 씨앗은 거두지 못하였습니다

카프KARF의 올가미는 너무나 촘촘하였습니다
잔다르크처럼 화염 속에서 스러져 갔습니다
가슴속 소리 없이 오열하는
아픔을 누가 알겠습니까
붉은 산야에 씨앗이 더디 나더라도
한 톨의 씨앗은
열정이 담겨 있는
당신의 숨결이니까요

스물여덟 청상과수는
한 톨의 씨앗을 거두기 위하여
청춘을 태우셨습니다
삼 형제 다 짝지어주시고
막내 손주는 보지 못하고 가시었습니다
유난히 금슬이 좋으셨다는 어머님께선
거기서도 금슬이 좋다고 소문이 자자 하는지요

사모곡思母曲

오마니
당신의 뼈와 피 삭히어 낳으셨건만
대동강 부벽루가 좋아
당신의 손 뿌리치며 갔던 이팔청춘

귀밑 서리 받아 돌아왔더니
오! 오마니
주름살 골골 마다
너무나 긴 세월
그 고웁던 얼굴 얼굴엔 검버섯이
저리도 피었습니까

몇 가닥 남지 않은 백발
마지막 빗질이 되려나요
한 올 한 올 곱게 빗어 쪽 지어 드릴게요
푸르스름한 옥비녀가 파르르 떱니다

오마니!
한밤 지새우고 나면
기약 없는 이별인가요
언제 또 오마니 치마폭 부여잡고 웃어 볼까요

대동강 부벽루가 대수인가요
오마니 손부여 잡고
봉숭아도 물들이고
'고향의 봄'도 부르고 싶어요

한강 물 대동강 물이
뒤섞일 때까지
오래오래 사시라요
꿈속에서라도 안아주시라요

미황사 동백

달마봉 오르는 길목
미황사 붉은 동백
그립디 그리운 엄마 얼굴
지천으로 피어 있었네
천왕문 들어서면
부릅뜬 눈 사천왕
무서워
외할아버지 중의를 붙잡고 뒤로 숨으면
조막손을 잡고 껄껄 웃으시네
따스한 외할아버지 체온에
무서움 사라지고
청아한 노스님 목탁 소리
석가불 앞에 엎디어
조막손 합장하여 일 배 이 배 삼배
동백꽃처럼 이쁜 엄마
그립다 빌고 또 빌었네
석가불도 내 눈물 알았을까
엄마처럼 빙그레 웃고 있었네

찔레꽃

남창과 부산을 오가는 화물선
도호道号는 남해 바닷길을 미끄러져 간다
뚜우뚜우 달도島 모퉁이를 돌아가며
주먹만 한 가슴을 찢어 놓는다
엄마는 보이지 않고
별들은 보고 있을까 우리 엄마를
돌아오는 길은 눈물로 앞이 보이지 않았다
형이 무서워 울지도 못하였다
옹기종기 모여 있는 찔레꽃
"어미 찾는 송아지 울음이 들리니?"

밤이면 더욱 보고 싶은 엄마
자다 더듬으면 엄마 자리는 휑하다
찔레꽃 같은 우리 엄마
엄마는 어느 파도를 넘었을까
부산항까지는 몇 번의 파도를 더 넘어야 할까

형과 둘이서 밥을 짓는다
쌀을 씻고 또 씻는 하얀 뜨물
조리로 돌을 골라내고
손잔등까지 물이 오르면 솥뚜껑을 닫고

풍로를 돌려 겻불을 지핀다
한참을 지나면
엄마 냄새 같은 구수한 누룽지

아홉 살 손은
여느 여자아이 손보다 더 작아 보였다

어머니의 노래

별들이 하나둘 눈을 비비며
기지개를 켭니다

아슴푸레 보이는 저 별이
당신의 별이라 하셨지요

별 하나 따서 구워서 호호 불어서 망태에 담고
별 둘 셋…

고사리 같은 손가락 꼽아 주며
한 아름 따 주시던 당신

젖무덤을 만지며 스르르 잠이 들 땐
얼굴을 비비며 우시던 당신

뒷마당 멍석이
당신과 나의 노래였습니다

미운 일곱 살 웃음으로 안아주시고
아픈 배 문질러 주시던 약손

꽁꽁 얼어붙은 손가락
호호 불어 주던 두툼한 입술

어머니, 손톱에 붉게 물들여 주던 봉선화는
저리도 탐스러운데

당신이 계신 그곳은 어느 별나라인가요
도솔천 어디쯤인가요

착한 사람은 죽어 별이 되고
그 별이 다시 사람이 된다는 당신의 노래
어머니가 불러 주던 노래입니다

문둥이

삼팔선이 그어진 직후 사촌형은 화가의 꿈을 안고 고등학교를 다니며 신촌역 굴다리 밑에서 신문팔이를 하였다. 신문을 팔고 오던 어느 날 오후, 검은 자켓을 입은 소녀가 굴다리 밑에서 쭈그리고 앉아 흐느끼고 있었다. 제주에서 올라온 여고생으로 문둥이였다. 갈 곳이 마뜩잖던 소녀는 같이 기거하게 되었다.

하늘 아래 있으나 하늘 아래 없고 땅 위에 있으나 땅 위에 없는 유리알, 여름날 검은 자켓 안의 몸뚱아리 소녀는 하룻밤 자고 나면 손가락 하나 떨어지고 한 발짝 떼면 발가락 하나 떨어져 나갔다.

누런 진액, 흘러내리는 눈물 말고는 무디어 버린 끝, 끝, 그리고 끝, 아픔은 어디로 갔는가 고통도 잃어버린 몸뚱아리 살아 있다는 게 사치 아닌가 천형이여 묽은 고름이여 손가락 없는 두 팔은 하늘을 원망하고, 촛농처럼 녹아내린 콧잔등 떨어져 나간 육신들, 흘러내린 누런 고름은 검은 자켓에 스며들고

성난 파도처럼 흐느끼는 소녀는 눈물이 아닌 고름을 흘리네, 성모시여 당신의 성혈로 녹아내리는 몸뚱아리를 씻

어 주소서 천형을 풀어 주소서 애통해하는 저 신문팔이 소년을 위하여. 소녀는 얼굴을 파묻고 애원하고 있었다 사촌형은 신문을 팔고 일 환짜리 지전 몇 장으로 팥고물 풀빵을 사 와 둘이서 허기를 달랬다 그리고 도화지에 눈썹 없는 소녀의 얼굴을 그렸다 콧잔등은 파묘破墓의 자리 같다

신문을 팔고 오던 어느 날, 세면 벽에 메모지 한 장, "소록도로 갑니다" 벽에 붙은 도화지에는 눈썹 없는 소녀가 눈물을 흘리고 있었다. 육십 평생 그렇게 사랑했던 사람은 없었노라며 들려준 사촌형의 순애보.

문둥이 여인과 동거했다던 경허 스님의 마음도 이러했을까.

결혼 후 형수님과 함께 소록도에서 해후邂逅했었다 한다

황실이 찌개

할무이, 나가 이삔가

그라제, 이삐고 말고

이 시상에서 젤 이삔 내 갱아지여

치! 할무이는 맨날 이삐담서 갱아지래

니 마당에서 놀고 있는 복실이가 이삐냐 안이삐냐

잉, 엄청 이삐제

너도 복실이가 이삐지야

그랑께 니를 갱아지라 부른 겨

우리 갱아지 밥 듬뿍 뜨거라

이거 황실이 새끼에다 감재 넣고 자글자글 끓인 겨

할미가 얹어 줄테니께 맛있게 묵어라 달디 달어야

치! 달긴 뭐가 달어 아칙에 묵응께 맵고 짜기만 하등만

아이구 내 새끼 그랬어, 할미는 매운 것이 단것이여야

할무이는 이상허요, 매운 것은 매운 것이제 워떻게 달다요

그라고 매운 것 묵응께 속이 지랄 같구만

매운 것도 묵을지 알어야 큰 사람 되는 겨

그라고 많이 묵고 밖에 나가 뜀박질 함서 놀아, 금방 배 꺼지니께

맨날 묵기만 하믄 뚱보 된단 말이여 아그들이 뚱보라고 놀려

엠병헐, 뚱보면 어쩐다냐 할미는 니가 이삐 죽겄는디

그라고, 이 시상에 건강이 제일 좋은 겨
공부는 꼴빨이 해도 좋으니께 튼튼하게만 크거라
건강한 것이 대통령보다 더 좋은 것이여야
치! 할무니는 금방, 매운 것 묵어야 큰사람 된다고 했잖여
아부지는 커서 대통령 되라 하등만 워째 할무니는 되지 말라는 겨
그것이 뭐시가 좋다냐
우리 복실이 보거라 맨날 묵고 자고 묵고 자고
이 시상에서 젤 존 자린 겨
너는 옆집 바우 형아처럼 씨름선수 된다 했잖여
할미가 맨날 황실이 찌개 자글자글 끓여 줄테니께
대밭에 죽순 맹키로 푹푹 커뿌러라 잉

* 사랑하고 이쁜 외손주와 외할머니와의 대화.

달량진 성城

달마산 뒷등에 달량진 성
북문 돔박에
육백 살 팽나무는 자작 일촌을 이루고
장군은 울돌목 들기 전
만호萬戶 남창에서
팽나무 아래 정화수 올려
우국충정 다짐하며 눈물 흘렸으니
진정한 맹세는 만고에 남으리

정월 대보름 국민학교 운동장
여인네들 손에 손잡고 강강수월래
선소리꾼이 "고사리 대사리 껑자, 나무 대사리 껑자"하고 메기면
다른 사람들이"~가앙강 수월래~"하고 뒷소리를 맞는다
밟고 밟아 왜적을 물리친 장군

산 능선에 대낮 같은 보름달 오르면
마을 돌며 얻어 온 오곡밥 나물에 비벼
볏짚단 깔아 놓고 옹기종기 앉아 배불리 먹고
달집 태운 쥐불놀이 한 해 풍년 약속하네
뒷산 당산할머니에게 제 올리고

마을의 안녕을 빌고 빈다
볏짚으로 새끼 꼬아 세 가닥으로 만들고
세 가닥은 매로 쳐 아름드리 큰 줄 되어
마을 사람들 둘러메고 성 밖을 돌고 돈다
윗마을 아랫마을 사람들 다 모여 잔치 벌이면
윗마을 사람들은
“이길라다 지고 간 아드름 팬 들어
 앞길이 깜깜해서 어딜 가느냐
 푸레이 푸레이!”
아랫마을에선
“매생이 국 묵고 미끄러질 우드름 팬 들어
 앞길이 깜깜해서 어딜 가느냐
 푸레이 푸레이!”
윗마을 아랫마을, 신기, 오산 옆동네 사람들
텁텁한 농주 한 잔
도가지가 바닥난 황보 영감네 양조장
동식이 아버지 날라리에 들썩들썩 어깨춤이 절로 나고
개똥이 태평소에 영감님들 덩실덩실 더덩실
영남이 형 소고 춤, 꼬꼬의 상모 춤
고깔 쓴 춘식이 용머리 올라타 덩더꿍 덩더꿍
마을이 뱅글뱅글 돌아간다

달랑진 성이 뱅글뱅글 돌아간다

빨간 우체통 가운데 두고
윗마을 아랫마을 줄을 당기면
보름달을 타고
용이 오른다 날개를 활짝 펴
하늘을 찌르고 불을 뿜는다
송아지 한 마리 용머리에 올라앉는다

첫사랑 1

이순이 넘어
꿈속에서 만나네 그 소녀

가슴 조이며
저만치 숨어서 보던

제비 꼬리라며 놀리어
울렸던 갈래머리

이순이 넘어서도 사랑했노라
고백해 볼까

나룻배 고향엔
흰 갈래머리 그 소녀 지금도 있을까

첫사랑 2

칠성암 돌담
자목련 숨 돋우고
기와지붕 청설모 꾸벅꾸벅

처마 끝 풍경 소리
산사를 휘어 감고
사그라드는 석불 향

수줍어 말 못 하는
갈래머리 가시내

기다란 석등 그림자
밟고 밟으며 합장하는 가시내

그리움 1

그림자만 봐도 미웠던
만나지 말아야 했던
웬수처럼 으르렁댔던
끝을 찾을 수 없었던
헝클어진 실타래

어느 날 눈을 떠보니
휑한 옆자리
그렁저렁 오십몇 해 맞댔던 온기가 없네
그림자도 없네

웬수라도 좋으니 등허리 맞대고 싶네
그림자라도 옆에 있었으면
늙은 눈물
이제야 알았네
그리움이 사랑이라는 걸

그리움 2

그립다는 것은
가슴 깊이깊이
담겨 있는
외로움

그리움이
짙다는 것은
송곳으로 짓이긴
아픔

잊으려 하면
온몸으로 퍼지는
독毒

강낭콩

엄마 치마폭
일곱 자매
꼼지락꼼지락 울고 웃다
엄마에게 꾸중을 듣는다
치마폭을 벗어나려 하면
아직은 때가 아니다
다독다독
햇볕이 쨍쨍 내리비치던 어느 날
앞치마 풀어헤치고
큰 언니부터 나가라 등 떼민 엄마
언니들은 멀리멀리 보내면서
막내는 보듬어 안아 바로 옆에
가만히 내려놓는다

기다림

꿈이길…

꽃망울도 피우지
못하고
으스러졌구나

가는 곳 어디니?

저벅저벅
문지방 넘어
그림자라도
왔으면…

가느다란 숨소리
붙들지 못하고
못이 된 애달픔

어디로 갔니?

책장 속에 갇혀 버린
꽃잎

너의 거친 숨소리
한 장 한 장 넘기기 두려워

책장 속에 묻어 버리기엔
애끓는 눈물

어디서 다시 만날까

* 2021년 6월 9일. 오후 4시 45분쯤 학동 건물 붕괴사고로 버스 타고 가다 희생당한 17세 남학생을 추모하며.

제2막 9장 막을 내리다

자서전 제2막 9장 중

제2막 1장
잉여 인간에 대한 이론
뇌전증은 뇌신경세포의 순간적인 이상 발작
의식 소실로 인한 발작을 일으키는 뇌의 마비 증상
발작을 하면 입에 거품을 물고
사지를 떨며 정신을 잃는다

누이는 잉여인간이 되는 걸 악마의 저주라 하였다

제2막 3장
누이를 치유할 처방전은
검은색과 붉은색으로 덧칠해진 화폭뿐
별도 달도 구름도 바람 소리도
모조품처럼 보이는 진품
덧칠해진 색깔, 매끄럽지 않고 투박한 붓 터치

'귀가 잘린 자화상'*도 잉여 인간이라 하였다

제2막 5장
뇌전증과 '자화상'의 등식에서 잉여 인간이란 값은
거짓과 모순덩어리인 귀
진품이 모조품이 되고, 모조품이 진품 되는 기이한 현상
잉여 인간들만 그릴 수 있는 그림
'인생의 고통이란 살아 있다는 것, 그 자체'**
잉여인간은 모순덩어리를 잘라 버렸다

제2막 7장
붉은
사인교가 너무 무거웠다
일여 년 만에 소박맞은 등식의 나머지 값은
생산을 하지 못한다는 죄인에게 내려진 형벌
내쳐진 누이는 형벌이 없는 지상낙원을 찾아
먼 아프리카로 떠났다
아프리카에서 보내온 화폭에는
붉디붉은 바오밥 나무가 석기시대 화석처럼 서 있고
하늘은 저승사자처럼 까만 색깔로 덧칠해 있었다
검은 아프리카 땅덩어리에 갇혀 있는 작은 심장의 새
수채화의 물감은 점점 더 어두워지고
화필은 더욱 거칠어졌다

제2막 9장

11월이 가고 동짓달이 며칠인데

새벽 4시,

8부 능선에 누워 계신 부친께 하직 인사 올리고 내려오다

정강이보다 더 얕은 소沼에서

소박맞은 형벌을 벗지 못하고

제2막 9장의 막은 내렸다

* 반고흐의 그림.

** '반고흐, 영혼의 편지'에서 인용.

해오라기

부용담
엷은 안개
달그림자 띄우고

어미 기다리며
퍼덕이는 날갯짓
언저리에 맺힌 눈물방울

산사에 쇠북 소리
새벽달
물그림자 드리우고

사미승
백팔 배에
아롱대는 어미의 얼굴

라성(L.A)

태평양 한 귀퉁이, 베니스비치
가판대엔 활활 타오르는 양재동 꽃시장
비치 열기에 시들어가는 꽃
침묵 속의 가판대
뜨거운 눈물
나 홀로 아리랑

불타는 모래 알갱이
상처 난 발가락 사이를 헤집고 들어 오네
유토피아를 줍겠다고 몸부림쳤던 곳
뜨거운 눈물 모래를 적시고
나 홀로 아리랑

예술가와 의사는 시바스 니갈 한 잔에
마리화나를 저어 마시고
판타지아에 빠져 키스를 퍼붓는
거대한 나라

태평양 베니스비치
아침 이슬에
봉오리를 맺은 양재동 꽃

홀로 아리랑 홀로 아리랑

* 2013.8.14. L.A 베니스비치. 가판대에서 꽃을 팔고 있는 슬퍼 보이던 교포 여인을 만나.

모란이 지는 밤

다섯 칸 접 집 뒤끝
붉은 모란이 가득 담긴 어미 방
젖을 물리면
'쪽쪽쪽'
정적을 깨뜨리고
젖무덤을 주물럭주물럭
발가락을 희롱하는 고사리손

노모에게 맡긴 새끼
장사 나갔다 돌아오면
퀭한 눈 멀뚱멀뚱
어미의 뜨거운 눈물
스물여덟 청상의 한

세어진 머리칼
기억을 좇아가지만
낙숫물처럼 떨어진 청상과수의 눈물
붉게 타오르는 모란은 꺾어지고

칼날 같은 정강이
검버섯 피고 갈잎 같은 눈썹 몇 가닥

쭈글쭈글 다 받아 쳐진 젖무덤

오늘 밤
더욱더 사무친 까닭은
모란이 다 져버린
밤이기 때문입니다

검붉은 동백

헛간 앞 검붉은 동백 흐드러지던 그해
시집가기 싫다며 토하던 한숨
사인교에 오르며 자꾸자꾸 뒤돌아보던 누님

몇 년 만에
생산 못 한다며 소박맞더니
헛간 앞 검붉은 동백 다 떨어지고

검붉은 동백은 지고 없는데
몇 날 며칠
호롱불이 꺼지지 않던 누님 방

누님의 눈물은 촉루가 되고
검은 가루가 되어
완도 앞 바닷물에 삼배 치맛자락 나풀거리며 흘러가더라

죽마고우

깨복쟁이 가시내
선머슴 중 선머슴
장구 북 살풀이춤 소리까지
"우물가 두레박 소리, 한 품에 아이 안고 한 손에 지팽이 짚고 초 칠 안에 어미 잃고 기허 하며 죽게 되니, 여보시오, 부인님네 이 애 젖 좀 먹여 주오"
중중머리
쥐 죽은 듯 눈물 훔치네
대사습놀이 한 매듭 풀어가던 가시내
친구들 푸념 다 들어주며
막걸리 사발로 다독거려 주던 누님 같던 가시내

안개비 흩뿌리던 오후
진달래가 오지게 피던 날
부군의 전화
운전 중 쇠니재를 넘다
유유자적
뒤도 돌아보지 않고
떠나가더란다

* 가시내 : 누님 같던 친구였다. 항상 어려운 친구들을 찾아다니며 따뜻하게 보듬어 안아주던 친구. 교통사고로 우리 곁을 떠났다.

황진이

양귀비도
매화도
화무십일홍

벌 나비 천릿길 찾아오네
그대의 품속

면벽 달마
꽃을 반기니

박연의 오색 물보라
천년을 흐르고

서른의 가얏고여
청산녹수
섬섬옥수 열두 매듭

남창 막걸리

남창 막걸리
달콤쌉쌀하면서 누룩 향 톡 쏘는
어느 집 막걸리가 이 맛이더냐
양조장 주인은
여덟 살에 장가간 황보 영감
누나 같은 부인에게 아침이면
지게문 열며 "여보 깐 밥…" 하더니
구순九旬이 낼모레
양조장 앞에는 꼬꼬가 천왕문 사천왕처럼 앉아 있네
이름도 없고 나이도 없는 꼬꼬
지나간 애들이 짓궂게 놀려도 히히히
"꼬꼬야 닭 소리 한 번 내봐"
막걸리 한 잔에 불콰한 얼굴로
수탉처럼 홰를 치면
오릿길 배진포 수탉들도 화답해 오고
꼬꼬 옆 지키는
찌그러진 양철통 물지게
어른들이 "꼬꼬 장개 가야지야"
"히히히"
닭들이 오수午睡를 즐기는 시간
대낮인데도 수탉들은 새벽인 줄 안다

상여가 나가는 길
길라잡이 꼬꼬 만장이 펄럭이고
북망산 중턱에 망자를 쉬게 하네
앞소리 상여꾼의 만가
뒤로 받는 상두꾼
“이별이라, 이승을 어찌 떠나갈꼬
한 맺힌 이놈의 시상 가기 싫어도 가야 하네
이제 가면 언제 오나 다시 못 오는 저승길”

북망산에 혼자 가는 꼬꼬
만장도 없이 홀로 가네
황천길에 뿌려진 막걸리 한 잔

* 꼬꼬 : 고향마을, 황보 영감 양조장에 꼬꼬라는 분이 허드렛일을 도맡아 하고, 밥이나 얻어먹고 살았다. 태생도 모르고 일가친척도 없는, 지금으로 말하면 저능아 정도였는데, 수탉 흉내를 진짜 수탉처럼 잘 냈었다.

3부

친애하는 나의 살모사

고등어

어머니,

나의 육신을 하나하나 발라
굶주린 새끼들 배불리 먹이시고

새벽 일용직 나가는 지아비
된장 풀어 시래기 국물 훌훌 마시게 하소서

발기발기 찢어지는 아픔
사랑으로 안으리

뻘밭

말랑말랑한 에미 젖무덤이
거기 있었네

밥숟가락을 뜨는 둥 마는 둥
뻘밭으로 달려나간
에미의 깊은 발자국이 찍힌 곳
호미로 바지락 캐던 할퀸 자국
부리로 석화 쪼아 먹던 바닷새처럼
에미의 조새는 바위를 쪼아대네

흰 포말이 때리면
젖은 수건으로 한숨을 닦아내고
등이 굽은 초가지붕처럼
휜 허리가 더욱 꺾인다
거북등처럼 다닥다닥 붙어
말라버린 다리에 뻘

에미는 사라호 태풍에도
든든한 주춧돌이었다
지워지지 않은 에미의 깊은 자국

말랑말랑한 에미의 뻘밭

이혼

한 우산 속에서
석 삼 년은 더 더
눈비를 피하며 살았는데
찢어져 비가 샌다고
새 우산을 사 오라며
자꾸자꾸 짜증을 낸다
꿰매어 쓰자고 했지만,
창피하다 보기 싫다
이 핑계 저 핑계
우산 속에서 티격태격
새 우산을 살 수 없는 나에게
각자의 우산을 쓰자며 떠나갔다

간밤에 머리카락이 하얗게 세었다

전화 싸움

시집간 딸내미와 전화 싸움
딸은 자기네가 옳다 늙은이도 지지 않고
김 서방이 옳고 애비가 틀렸다 하니 섭섭하여
밤이면 잠 못 자고 전전반측

옳다 옳다 그래야제, 애비보단 김 서방
늙은이가 노망했다 정신 놓은 애비였다
느그 엄니는 날마다 눈물바다
긴 한숨에 머리띠 질끈 동여매고 이불 뒤집어쓰고
영감이 잘못했으니 먼저 전화하라 성화다
너희들이 잘못했으면 어떻고 애비가 잘못했으면 어떠랴
부모 자식 사이에 옳고 그름을 따진다는 게 어리석은 일
애비가 잘못했다 무조건 잘못했다
피는 물보다 더 진하다 않더냐
강아지가 보고 싶다
사위도 보고 싶고 너희 모두 보고 싶다

바람아 딸 집 앞을 지나거들랑 전해 다오
애비의 그리움을 전해 다오
사랑한다고 말해 다오
바람아 바람아

생과 사

녹색 방
여인의 절규
한 생명에 대한 기쁨
환희의 웃음
어디에서 왔는가에 대한 물음

하얀 방
망자에 대한 눈물
진시황제나 저잣거리 품바나
수의 한 벌
외롭게 떠나는 자에 대한 슬픔

길냥이

아파트 사 층에
아흔일곱 되는 할머니가 사시는데
하루 세끼 꼬박꼬박
동네 길냥이들 먹이 챙기신다
자식들이 말려도
짐승들도 생명인데
“그런 것 아니다”며
눈이 오나 비가 오나
사시사철 거슬리지 않는 길냥이 어머님
당신 몸도 보행 보조기에 의지하셔
한 발짝 걷기도 힘들어하면서
지극정성으로 돌보시는 어르신
냥이들도 보이지 않다가
할머니만 보이면
하나둘 모여와 비벼대며 혀로 핥고
그렁그렁 소리에 주위를 맴돌며
반갑다고 하는 길냥이들
백묘白猫든 흑묘黑猫든 쥐만 잘 잡으면 된다는데
쥐 한 마리 잡지 못하고
얻어먹는 길냥이

매미

찰나刹那를 살자고 나왔더냐
칠 년의 긴 인고의 세월

울어라 울어라
목구멍에 피 철철 넘쳐 오도록

내가 너를 모르며
네가 나를 모르랴

친애하는 나의 살모사

내
왼쪽 팔등에는
살모사 한 마리 살고 있다
정맥혈관에 갇히어
썩은 콩팥을 먹으며 나의 고통을 즐긴다

그는
기다란 혓바닥으로 심장을 핥는다
쌕쌕 쾅쾅
벌떡 일어나 몽유병자처럼 뱅뱅 돌아다니다 엎어진다

사과 한 조각, 얼음물 한 컵만 마시면
날아오를 것만 같은데
칼륨 수치가 올라간다며 금식이란다
얼음 한 덩어리가 하루 섭취 수분의 전부

썩어가는
피를 걸러주는 인공신장투석실
2킬로그램의 몸무게를 빼고 나면
땅덩어리가 뺑글뺑글 돈다
정수리에서는 마그마를 뿜어내고

지구 밖으로 튕겨 나갈 것 같은 원심력
생의 귀환이 담보된 4시간의 투쟁
오늘도 그는
나를 아프게 안아 준다
너의 뜨거운 입김으로 다시 재생한다
사랑하는 나의 살모사여
친애하는 나의 살모사여

* 양쪽 콩팥이 망가진 사람은 2~3일에 한 번씩 인공신장실에서 피를 걸러내지 않으면 생명을 유지할 수 없다. 이때 정맥혈관에 인공혈관을 이식해서 투석할 때마다 두꺼운 주삿바늘을 꽂아 사용한다. 살모사는 인공혈관을 의태화 한 말이다.

만성 신부전증 1

악마, 드라큘라
피를 빠는 흡혈귀
사구체를 갉아먹어
끄나풀이 하나둘 망가져 가네
몸무게 75kg→ 40kg
헤모글로빈 17g/dl→ 3.1g/dl
혈압 120/80mm/hg→ 210/150mm/hg

악마, 드라큘라
오줌까지 핥아먹네
하루 이틀 사흘
한 방울도 나오질 않아
뇨독은 히로시마 원폭의 백배 천배
살갗은 푸르탱탱
삐에로가 되어 걸을 수 없네

일어나자
이대로 쓰러질 순 없다
이쁜 딸 아들과 집사람
너와 맞서 싸우리라 흡혈귀여!
쓰러질 수 없는 나의 혼魂이여!

머피의 법칙

열일곱 살 때 옆집 누나에게 엄청 곤욕을 치른 적이 있었어

봄잠에 취한 나른한 오후 시간,

누나는 드라이브를 가자며 자기 차에 태우고 달리기 시작했어

잠이 들었고, 시골 비포장 도로는 요동을 치더라고

나는 눈을 뜨게 되었어, 누나의 운전은 매우 거칠었어

나는 처음 차를 타봤기 때문에 아주 불안하고 무서웠어

액셀을 밟아 속도를 낼 때 계기판에 눈금은 200/km에서 경고의

빨간불이 깜박여댔어

나는 쾌감인지 불안감인지 판단이 서질 않더이다

액셀을 밟았다, 떼었다 마음대로 속도 조절을 할 줄 아는 걸 봐서

운전 솜씨가 꽤 오래되었던 거 같아

한참을 그렇게 달리더니, 어느 휴게소에서 잠시 멈췄어

화장실도 다녀오고, 음료수와 과일 몇 개, 호두과자와 아이스크림을 사 와

허기진 식욕을 채웠더니 졸음이 엄습해 오는 거야

열받은 엔진도 식혀줘야 한다는 걸 처음 알았어

몇 분이나 쉬었을까 누나는 다시 운전을 했어

누나는 나도 모르게 맥주 두어 캔을 마신 모양이야
과속을 하기 시작했어, 누나는 무면허에다 음주운전까지
운전 솜씨는 대단했지만 결국 대형사고를 내고 말았지
보닛은 재생 불능으로 엿가락처럼 찌그러졌고, 앞 유리창 파편은
흩어져 맞출 수 없는 퍼즐 게임이 되어 버린 거야
정신을 차려 보니 어느 병원 응급실이었어
의사가 달려와서 흩어진 유리 파편과 찌그러진 보닛을 뜯어내고
실크실로 퍼즐 맞추듯 한 땀 한 땀 정성스럽게 상처를 꿰매주었어
의사는 누나에게 여자가 흉터가 있으면 안 된다고 다림질하듯
매끄럽고 예쁘게 꿰매어 요조숙녀로 만들어줬어
나의 열일곱 살 일기장에 얼룩진 한 방울의 선혈과
술도 마셔보지 않는 나는 무면허 누나와 함께 전과자 되고 말았지

누나는 나에게 아지랑이 아롱대던 봄날 오후의 드라이브 자랑과
요조숙녀가 되었다는 기념으로 진한 키스를 해주었어

누나의 차를 탔을 때엔

누나의 운전 솜씨에 3D영화를 보는 것만 같았었어

입체감과 볼륨감이 황홀하게 해 줬거든

그런데… 허전했어

나는 십칠 년 동안 주위사람들에게 많은 도움을 받았는데

방향을 잃어버린 나침판처럼 되어 버렸어

왜? 하필 나였을까

변방

테헤란로 자작나무 숲
헝클어진 씨줄과 날줄
운무가 자욱한 숲
사이사이마다
타란툴라 영역표시

마지막 허물 벗음은
날개돋이 준비
꽃술은 농축된 꿈
날개돋이는 꿈을 실어 나르는 완행열차
타란툴라는 한 치의 오차도 없이 탈선시키네
인터콘티넨탈 호텔 뒤
얽히고설킨 씨줄과 날줄
자지러지는 미러볼
몽환 속의 나비
일 미리 점액이 마그마를 뿜어내네

힘찬 날개돋이
찢어진 날개를 퍼덕이며
성북동까지 날아가 보지만
굳게 닫힌 예배당 빗장

칙칙한 자작나무 숲

타란툴라의 여덟 개 눈

테헤란로는

서울의 변방

포장마차 1

새벽 세 시
각시의 포장마차

카바이트 불빛 아래
작부가 되어
술을 따른다
지글지글 타오르는 꼼장어
냄새로 허기를 채우고

'호루룩! 호루룩!'
전경의 호루라기
쐬주 붓던 잔을 던져 버리고
포장마차를 밀고 땡기며 달린다
넘어져 무르팍에 홍건한 피
뛰어야 한다
잡히면 닭장이다!

각시 오른손 둘째 손가락
석쇠에 데어
부풀어 오른 올챙이 배
어묵 국물에 쩔은 덧옷

시궁창 냄새 진동해도

싱글벙글

젖을 빠는

두 살배기 딸내미

포장마차 2

각시 포장마차
하룻밤 벌어 온
걸레 된 지폐
건네준 기십만 원
청자값, 이것저것 빼고
남는 사오만 원

그중 원가 빼고
딸년 책값 아들놈 유치원비
이것저것 빼고 나면
고작 기천 원
가끔은 나리들한테
상납도 해야 한단다

애비애미 이야기 듣던
초등학교 2학년 딸
'상납'이 무엇이냐고 묻네
'세상살이'라고 했더니
'세상살이'… 고개를 갸우뚱하네

원초적原初的

김제댁 논배미엔 잡초들이 가득한데
김매는 놈 없거든 나를 부르시오
팔다리 걷어붙이고 허리가 휘도록
말끔하게 치워 드리리다
새경도 필요 없소
동동주나 푸짐하게 내어 오시오
논배미 물도 많고 걸어서
나락 농사 풍작 하겠소

소작을 주려거든 선머슴인 나를 주오
마름도 필요 없소 혼자 하리다
땅 질 속 잘 아는 선머슴이
소출도 많이 낸다고 하지 않소
말은 아무나 타는 것 아니요
잘 못 타면 낙상하기 쉽소
풍작을 이루거들랑 가을걷이한 지푸라기 모아
동짓달 긴긴밤 사랑방에서 덕석이나 짭시다

자화상 1

송홧가루 날고
햇살 바살바살한 아침
돛 올려라! 돛 올려라
바람이 부는 대로 가리라
나의 이상을 싣고
잔물결을 가르며
종착지는 꿈의 산실産室

우주를 향하여
쪽빛을 가르고 가라
거기 꿈이 있으리

라일락 향 가득한
바살바살한 햇살의 아침
오월의 꽃
꿈의 산실

자화상 2

soft ware : 1949
cpu : 66Gb
hdd : 88Gb
memory : &

pentium 4에 비해선 열악하지만
그런대로 잘 써왔다
60여 년 불편 없었는데
요즘엔 고장이 잦네
모니터엔 매일 folder up grade 받으라 message가 뜨고
up grade는 새로운 power supply를 요구하는데
모니터는 몇 번 바꾸어도 흐릿하기만 하네
부품들은 하나하나 낡아 가고
case도 녹슬어 가네

나쁜 신부님

이등병을 달고 시집갔는데
시가媤家 어른들 막걸리 환영파티 해주더라
첫날부터 뜬눈으로 밤을 보내고
원삼圓衫 대대大帶 도투락댕기 족두리 벗고 나갔더니
위로 시누이들 만리장성이더라
버선 고쟁이 속옷 모두 양잿물 빨래
시커먼 보리밥에 숏팅 국물 건더기는 헤엄쳐 갔나
먹고 나면 양철 그릇에 굳은 숏팅 기름
디엠지 냇물
모래로 씻고 나면 신부의 손잔등 핏방울이 송알송알 맺히더라
디엠지 십일월 시집살이 시작이라
사흘 밤 자고 나니, 시누이들이 신고식 하란다
큰 시누이부터 내림 시누이들 줄 빳다에 군화 발길질 주먹질 격투기 9단은 되나 보다
한 달 맞고 났더니 시집살이 작은 고추 백배 천배라
아무도 모르게 하나님을 찾아 예배당을 갔더니
신부님이라는 군종장교 먼 산을 쳐다보며 애인 생각하는가
필터 담배 연기로 도너츠 만들며 오느냐는 말도 없더라
신부가 담배 피우는 줄 처음 보았으며

담배는 마약과 같은 것
시집살이 하소연하며 셋방살이 내어달랬더니
집에 가 있으면 알아서 해준단다
신부는 중대장, 소대장, 분대장으로 물은 그렇게 흐르더라
다음다음 날 밤, 불침번이 깨우더니 막사 뒤로 나가란다
갈매기 단 큰 시누이가 탱크처럼 달려오더니
군홧발로 이단 옆차기 격투기 챔피언보다 더 무서웠다
힘없는 이등병
땅에 팽개쳐진 개구리
양동이로 물을 부으니
벌떡 일어나
멍청히 앉아 있는 개구리
걷어차는 군홧발
디엠지 십일월은 오줌도 얼어 버리는데
모든 순리가 물 흐르는 것처럼 될 수 없음이 진리라는 걸 알았다
예배당 십자가도 고철 덩어리

되돌아갈 수 없는 길

화려했던 꽃잎은 언제였던가
꽃잎 지고
긴 여행을 떠나네
친구도 없는 자유 여행
혼자 걷는 거야
긴 여로
걷다가 지치면 여기도 기웃 저기도 기웃
쉬면서, 말로만 들었던
연옥, 도솔천, 극락이 있나 봐야지
천당도 있다고 들었어
유황불이 지글지글 끓는 곳도 있다 하던데
조심해
한 번 빠지면 나오지 못한다더라
무변광대한 광장
길을 헤맬지도 몰라
먼저 온 지인들도 만났으면 해
어디로 가야 그들을 만날 수 있을까
어디까지 더 걸어야 하나
되돌아갈 수 없는 길

비雨

울고 싶을 땐 울어서
너는 좋겠다
악다구니를 쓰며 울 수 있어서
너는 좋겠다
눈물인 줄 모르잖아
그렇게 지르고 나면
체중이 내려가지 않니?
나도 너처럼 울고 싶거든

너와 걸으며 젖어 볼 거야
마음이 푹 젖을 때까지 걷고 싶어
세상을 들여다볼 수 있을 때까지 젖고 싶어
세상을 손바닥에 쥘 것 같은데
그렇게 만만치 않아
세상의 아름다움을 보고 싶은데
세상의 짙은 향을 맡고 싶은데

완주군 봉동읍 봉동리 산 1번지

—에는
텃밭에 널브러진 생강
어미의
땅바닥에 붙인 휜 허리
오일장
"알맹이가 얼매나 실함감유
 싸게 드릴게유 사가세유"
휜 허리 세우며 아련한 눈빛

—로
돌아오는 길
자반 한 손 담배 한 보루
고개 넘어 막내딸 집 보여도
단풍잎보다 더 붉은 햇살
발걸음을 재촉하는
영감님 기침 소리

그림자

선착장 선술집
삼합에 막걸리 사발
술은 노구老軀가 마셨거늘 취한 건 그대일세
동東으로 가자 하면 서西로 가자 하고
우右로 가자 하면서 좌左로 가자하네
그대와 나
혈육血肉의 정인情人인가 연인戀人의 정인情人인가
한 몸이거든 취한 건 내가 아닐세
간짓대에 말잡이 하던 게 엊그제인데
술잔에 빠진 그대의 모습
하얀 터럭이 뺨에 내려앉았네
저무는 달 벗 삼아 기러기도 제집 찾거늘
그대와 나
오늘 밤 어디에 뉘울 거나
달빛이 나뭇잎 밟는 소리 사르륵사르륵
저 달과 밤새워 취하여 보세
에일 듯 에일 듯 아려오는 귀촉도 울음
막걸리 사발에 담아 마시리

삼합에 막걸리 사발
술은 내가 마셨거늘 취한 건 그대일세

부부 1

한 뼘만 한 요를 깔고
손바닥만 한 이불을 덮으면서
등을 맞대며 살아왔는데
"검은 머리 파뿌리 될 때까지 행복하게 살아라"
주례사는 차치하고라도
누가 먼저랄 것도 없이
티격태격 배는 가라앉기 시작했네
부부는 무촌이라는데
사돈네 팔촌보다 더 먼
얽히고설킨 실타래
끝을 찾아 풀어 보려 하지만
더 꼬여만 가는 실타래

부부 2

먼 길 걸어오는 동안
좋은 분 만나 즐거웠습니다

편안히 가십시오
인연因緣이 닿으면 또 만나지요

4부

냇물은 요란스럽고
깊은 물은 조용히 흐르고

수각

수각에 고요 깃드니
내 마음인가 네 마음인가
거울 속이 텅 비었구나

새벽 예불
목탁 소리 허공으로 사라지니
네 마음인가 내 마음인가

청명한 하늘에
법당 향 사그라드니
사그라듦이여 가는 곳 어디인가

사미야
수각에 거울이 텅 비었구나
마음이 보이더냐

식영정 사계四季

봄

가랑비 밤새도록 내리더니
부용당 연지 푸르름 더욱 푸르네
봄 술 한 잔에 취한 버들잎
벚꽃의 헤픈 웃음에 벌 나비 흠 흠 흠
자미탄에 해오라기
기다란 날개깃으로 봄을 휘감아 안네
노송에 걸린 구름 한 점
먼 무등을 바라보며 쉬고 있네

여름

소쇄원 댓이파리 사각사각 무어라 속삭이는지
시인 묵객 한 자루 붓에 운을 떼네
절개는 무엇인고 부르짖던 송강의 시 한 수
허리 휜 대들보에 을씨년스럽게 앉아 있네
툇마루 바둑판 흥망성쇠에 희로애락은 어찌하며
12줄 섬섬옥수 온갖 시름 저미게 하네
평천장 기화요초 주인은 어데 가고
댓잎만 푸르러 푸르러 돌담에 앉아

옛 정취에 눈을 감네
공명과 현달은 한낱 티끌인 것을
댓잎 바람만도 못한 것
노송 아래 흐드러진 자미화만 옛 꿈이어라

가을

식영정 돌계단 오르니
달빛도 뒤따라 오르네
달빛 속의 노송이 가벼이 안아주면
영화를 누렸던
자미탄은 사라지고
반짝이는 사금파리
달빛 묻은 물비늘이었네
툇마루 객은
단소 소리에 취하여 뒤척이는데
뒷 담장 억새도 잠 못 이루네

겨울

서하당 팔작지붕 달빛 괴괴하고

한 칸짜리 구들장 냉기만 절절해
옛 영화, 마루장 편액엔
성산의 4선* 숨소리만 가늘 타
동짓달 찬바람 매섭다 하지만
춘삼월 꽃샘보다 더할까
붉은 매화 젖망울 툭 터질 것만 같은데
잔설 밟은 노옹老翁
모후산 바라보며 눈물 흘린다

* 성산4선(星山四仙) : 4선(四仙)은 김성원, 임억령, 정철, 고경명을 말하며 식영정에는 4선의 편액이 걸려 있다.

수묵화

화선지 남포 벼루에 송연묵 흠뻑 찍어
황모필로 휙휙 친 수묵화 한 점
고산준령 큰 바위 허리 휜 노송 한 그루
멧새들 어디로 갔느냐 물안개를 걷어라

아지랑이 초려삼간 싸리문 열어젖히니
누렁이 새끼들 짖어대고 거위 꽥꽥꽥
손님이 오시려나 술안주 다 내놓아라
농주 한잔에 첫 운 떼니 두 잔에 화답하네
낚싯대 휘어진 바늘 파닥대는 참붕어

할喝!

홍싸리 열 끗 극락사에서 명동 물랭루즈까지
아우디 R8. 조수석에 이월 매조 열 끗을 앉히고
달린다 달린다 장삼 자락 휘날리며
살이 포동포동 오른 지렁이가
더 고소하다
서로 먹겠다고 팟대를 세우며
물어뜯어 피가 낭자하고
잡식성 비극은 처음과 끝이 없네

보름달 휘황찬란한 밤
학 한 마리
오동나무에 앉아 춤을 추니
홍싸리 열끗이 살판났네
48계단의 극락사 요사채가 위태위태
추임새 넣는 목탁소리
"광 팔아라!"
누룩 향이 와 이리도 좋노
일 년 삼백육십오 일이 극락이라
삼팔광땡이 석가이고
석가 밑에 중생들이 즐비하네
광땡이 없을 땐 이칠 갑오가 석가

산속에는 독사들이 드글드글
송악산 봉우리에 팔월 보름달
시월 단풍 구경 가자 이월 매조도

일주문 풍경소리 슬프고 슬프다
바위에 앉아 있는
목 없는 석가불 앙천대소라

역사는 쓰레기 속에

켜켜이 쌓인 쓰레기 층, 난지도

화신백화점 뒷골목
딸까닥 딸까닥, 도야지 발가락 사이 새우젓 냄새에 토악질
백화점 안에 막걸리가 사케라고 우기는 도야지 족足
맥아더는 엘로우 하우스에서 와인 한 잔 마시며
송도 황진이와 빠구리할 생각으로 황홀한 삼매경에 빠
졌다가
황진이에게 차였네

마산 앞바다 어린 물고기 눈에 최루탄을 박은
제국 건설을 이루려던 영감님 꿈은 사라지고
백두산 태극기는 폭설에 나부끼지도 못하였다
한강철교를 넘던 장갑차 속 이등 중사 도둑님과
병장 계급장을 뗀 대머리 도적놈이 여의도 은행에서
권총을 들이밀고 금고를 털었네
병장은 한 손으로 대머리를 쓸어 올리고
한 손으로는 허수아비 콧구멍에
권총을 들이밀어 벙거지를 빼앗아 쓰고
도둑님과 도적놈은 사화를 만들어
사마천의 맥아지를 비틀고 칼을 씌워 사약을 내렸는데

웃지 않을 수 없었던 건
대머리 도적놈이 서심민목을 읽느라 땀깨나 흘렸다고
한명회의 치사가 대단했네
더 웃기는 것은
대머리가 도둑질할 때 도와주지 않았다고
졸개들을 풀어
한 고을에 민초들을 난장亂杖이나 압슬형壓膝刑, 주리를 틀고
능지처참에 효수형 시켜 관청 앞에 즐비하게 늘어놓는다
이걸 본 흥선대원군께서
대머리놈 죄상을 밝히고 백담사로 귀양을 보냈건만
백담사 극락전 여래좌불 앞에서
'경심다밀라바야반하마'를 삼천 번을 빌고 또 빌어도 그놈이 그놈이더라
대머리 도적놈이 해우소에서 일을 볼 때 똥꾸를 닦아 주던 늙은이가
"각하 시원하시겠습니다" 하더라
돋보기를 잃어버리더니 찰진 호박떡으로 보였나 보다
옆방에서 문틈으로 보고 있던 만해가 혀를 '끌끌' 차더라

광화문 네거리

당골레, 박수무당과 굿을 하다가 오방낭 속으로 들어가고

오방낭 안에 라텍스 고무 주머니와 알약 몇 알

거기에 왜 있었을까

알쏭달쏭 수수께끼를 풀지 못하는 민초들

푸닥거리는 어떻게 하는지도 모르고

제상에 재물만 오방낭 안에다 쑤시기 바쁘더라

청배도 할 줄 모르는 당골래

사람들은 신이 내려 주신 영험한 당골래라 맹신자가 되더니

박수무당의 노리개가 되었다고 쏘곤쏘곤

당골래는 이동 중사를 신당에 내림 신으로 모셨다네

광화문 네거리 임금님께선 땀을 뻘뻘 흘리시며

야위어 가신다 자꾸 야위어 가신다

당뇨병에 걸리셨나?

어여삐 여긴 백성들의 무지함에 속이 터지셨나?

노老 장군께서도 칼이 녹슬어 간다며 눈을 부릅뜨고 부들부들 떠시니

염천지절에 학질이 걸리셨나 보다

"울둘목에 12척의 배를 들어다 한강에 확 풀어버릴까 보다"

서초의 시계는 '기억의 지속이다'
천평칭은 한쪽으로 만 자꾸 기울어 가네
서울은 더 이상 쓰레기를 버릴 데가 없다

타란툴라

테헤란로 자작나무 숲
칙칙한 열대야의 열풍이 흐르고
사이사이로 얽히고설킨 거미줄
거미줄에서 파닥대는 나비
점점 더 조여 오는 타란툴라 독니
몸뚱아리에 독니를 박는다
실핏줄에 전류가 흐르고 무뇌아가 되어버린다
거미줄에 칭칭 감기는 나비 파닥댈 힘도 없다
독니의 노예 나신裸身이 되어
테헤란로에서 인터컨티넨탈 호텔을 지나
잠실까지 달린다
칙칙한 자작나무 숲
석촌호수의 자작나무는 555m나 자랐다
촘촘한 거미줄
타란툴라의 8개 홑눈
감시 카메라를 피할 수 없다
독 먹은 나비는 파닥거릴 힘도 없는
지글지글 끓는 지옥으로 떨어지고 있다

* 거미줄에 걸린 나비 : 요즘 젊은이들의 무분별한 마약으로 인한 사회의 심각성을 말하고자 했다.

환생幻生

한 가닥 향香으로 사그라져
도솔천兜率天으로 가리

인연因緣이 닿으면
그대가 되어
꽃으로 피어나리

달팽이 연가

남창 강 둑길
쑥부쟁이 송송 솟은 길
지천에 오지게 핀 민들레
강물은 석불처럼 가고
참붕어 한 마리 파다닥 파다닥
반짝이는 비늘
출렁이는 윤슬의 아침

구름 한 점
가는 둥 마는 둥
물안개에 가린
내 사랑 부끄러운 첫 키스는
풋풋한 드릅 향

청보리 뿌지직뿌지직 한 옥타브 넘어가고
노고지리 내 사랑 봄 잠 깨우네
연등 밝힌 싸립문 꽈리
우리는 달팽이처럼 천천히 가는 사랑

벼농사

모판에 나락이 싹을 틔우면
농작물에는 햇볕과 물, 바람이 제일 중요하다
참새들이 날아와 쪼아 먹으니
모판을 자주 둘러보거라
어린 모 중에서 피를 골라 뽑아 주어라
벼를 벨 때까지는 피를 뽑아 줘야 한다

벼꽃이 피고 바람도 살랑살랑 불어
비도 적당히 내려 주고
햇볕도 쨍쨍 내리비쳐
요소, 질소, 카리 거름을 주지 않아도
낟알들이 굵디굵어 아주 잘 여물겠다

아직 태풍은 오지 않았다만
간혹 이때쯤 한 두어 개 오더라
태풍에 대비해
자주 둘러보거라
이대로 잘 익어 준다면
벼농사는 잘 지은 셈이다

주홍글씨

연민의 밤
비틀거리는 이성理性
깊은 고독에
샤넬 향수를 뿌리다
가슴에 묻힌 주홍글씨*
지울 수 없는 낙인

소설을 쓰기 위해
여인을 스승이라 불렀다
그녀의
3번째 소설은 마무리 중이었고
나름대로
아름답고, 강렬하며
낭만과 순수함이 묻은 페이지를
관능적이고
어두운 기억을 쌓으며
그늘에 가린 미소를
몸뚱아리에 타투처럼 그리고

어미의 본질은 가졌으나
어미의 행실을 하지 못하는

밤의 여인
사생아를 찍어내는
오토매틱
이라는 줄거리

어둠 속의 가을비
주홍글씨 낙인은
씻겨지지 않고

* 다니엘 호손의 소설 제목.

꽃무릇

응달진 계곡
붉은 아우성
고뇌의 사랑과 영혼
그
슬픈 멜로디가 옆에 있지 않나요
영영 만날 수 없다는
신의 각본에 화가 치밀어요
그대를 사랑하는 마음
기다란 속눈썹에 걸린 초승달
원망스러울 뿐이에요
각본 없는
연출로 다시 할 수 없나요
우리의 사랑

만날 수 없지만
불타는
사랑과 영혼의 멜로디

보름달

저 거대한 외눈박이
내려다보는 세상
쥐구멍까지 비출 수 있을까

구름에 가려도
내 잃어버린
길을 찾아 줄 수 있을까

가슴팍을 파고들며
눈물 훔치는
거대한 외눈박이

폭포

아! 꿈틀대는 대동맥을 보라
스무 살 심장

연사가 열변하는 호소
천 리 길을 달리는 적토마의 발굽 소리

스무 살의 야망을 보라
정의를 위하여 내려 긋는 펜의 힘
불의를 향하여 휘두르는 칼의 힘

일곱 빛깔의 우주를 보라
무변 광대한 철학이며 승천하려는 이상
밤잠을 설치며 뒤척이는 청춘의 꿈

아! 꿈틀대는 대동맥을 보라
스무 살의 심장

* 미국 서부 요세미티 국립공원의 요세미티폭포 앞에서.

개오開悟

깁고 깁은 먹물 껍데기
삼천 배로 닳고 닳아
한 땀 한 땀 깁은 먹물
껍데기를 감싸다

'산은 산이요, 물은 물이다'*
그 목소리
한 줌의 재가 되어
탑 속에 앉아 있다

목어 울음
산골 산골 흘러 들어가
삼천 배에 삼천 배 더 삼천 배
깨달음 주셨건만
사바의 껍데기 버리지 못한 무간지옥

찰나
진흙 속에 꽃이 되어
탑 속에 앉아 있다

* 성철스님 법문 인용.

겨울 구룡폭포

남녘 황톳길 걸어 천 리
얼음길 찾아왔더니
이 남정네 쌀쌀맞기가
섣달그믐날 문풍지 황소바람일세
남도 땅 걸쭉한 육자배기에
추임새는 주지 못할망정
개밥에 도토리 털 듯 턴단 말이오
그대의 수심가 한 가락 듣고자
칠현금 비단 보자기에 쌓아
짚세기 닳고 닳아 달려왔더니
이리 복조리도 없단 말인가
연둣빛 모시 적삼에 등배자 받쳐 입고
쥘부채 부쳐가며 사인교 의탁하여 와야
수심가 한 가락 주실런가
백호 황진이 앞세워야
박연폭포 열두 줄 뜯으시려나
남녘 백면서생이라 이리 박대하시오
썩고 썩은 속 안고 박대받으며 나는 가오
남도 육자배기에 막걸리 상모 돌리러

*북한 여행에서 구룡폭포에 갔었는데 겨울이라 꽁꽁 얼어붙은 폭포만 보고 왔다.

산촌山村

뒷산 솔바람 잦아들고
간밤 가랑비 멈추었네

멧새 소리 요란한데
지게문 열어보니 물안개 자욱하고

텃밭 헝클어진 쑥부쟁이
산중 백발 호미 드네

고추 배추 무 깨 마늘
모종 내는 산중 노인

농익은 농주 한 잔 홍타령 나오고
물안개 걷히거든 낚싯대 담그리

5부

성마 72-1호 작전

라스베이거스

화려한 사막
내뿜는 활화산 마그마
거대한 무덤 속
사이사이로 바쁘게 날아다니는
개똥벌레
데킬라 잔에 빠져버린 방울뱀
방울을 흔들며
개똥벌레의 야광을 핥는다
개똥벌레
사막의 밤을 갈기갈기 찢어
방울뱀 혼을 발라 먹네
거대한 무덤 속 머신 게임은
25센트를 게걸스럽게 먹고
토할 줄 모른다
개똥벌레 추파
방울뱀 룰렛에 베팅하느라
방울 소리도 잊었네
데킬라 잔에 빠진 개똥벌레
휘어 감는 방울뱀

* 라스베이거스는 환락의 밤이었다. 수없이 들락대는 개똥벌레, 데킬라에 취해 잭판을 떠나지 못한 방울뱀들.

돈키호테

나의 종자 산초여 나팔을 불어라
정의의 편력 기사
민초 마음 얻으러 가자
국왕 폐하께 충성하리
서울의 블루모스크
위대하신 국왕 폐하
왕좌에 앉아 졸고
나바라의 기사
레온의 기사
안달루시아의 기사
카스티야와 라만차의 모든 기사들*
산초야, 산초야
하인들 가문이 좋고 정직할수록
주인은 더 큰 존경을 받는단다**

정의의 편력 기사와
산초 판사 영감 나리들
지지고 볶아 입맛대로 처먹고
우리의 위대하신 국왕 폐하
벙거지만 쓰셨네
구시월 블루모스크

엄숙해야 할 기도 시간
고성 소리 나리들
민초들 종이라더니
레알을 거두어들이느라
불알에서 폴폴 연기가
매스껍네

* 『돈키호테』 2권, 제12장, 163쪽 인용.

** 『돈키호테』 2권, 391쪽 인용.

록키산 벤프역

철마는 꿱꿱 꿰에액
가쁜 숨을 헐떡이며 산마루를 오른다
해발 2,088m

윈체스터 총알에 빼앗긴
피눈물로 적셔진
인디언들의 땅
조부에 조부 그 조부가 묻힌 무덤

피눈물의 벤프역
미네완카 호수보다 더 깊은 이야기
그들은
야생마를 가두어 건초 대신 마리화나를 먹이고
마리화나에 취한 야생마
순한 양이 되었네

* 2015년 2월 24일. 록키산 벤프역에서.

그랜드캐년

어머님
당신의 깊고 넓은 젖무덤
희망의 그곳

인디오의 지혜로움은
억만년 살아 있었네

얕은 지식 부끄러움 모르는
마리화나 시바스니갈

감미로운 인디오 음악이 흐르며
당나귀가 가난한 인디오를 밟네

땡초 중광

삼장법사 땡초
비단 가사 장삼 아닌
분소의
터럭 밑에 고추 내놓고
명동거리 활보하네

곡차 한 잔에 장고 북채
곡차 두 잔에 육자배기
처자 방댕이 위 상모 춤
자화상을 그리네

삼장법사 땡초라
육두 방망이로 주리 틀어
일주문 밖으로 방댕이를 차버린
저팔계

탁발

가시덩굴 걸망에 담아 나서는 일주문
수십 길 심해 속 인연 따라가면
공양으로 모은 덕 여래좌불 공덕일세

짚신 든 만공의 꿈 무엇인가 물었더니
경허의 가르침 짚신 엮어 공양하라
걸망 메고 넘는 길 가사부처 가르침

부처가 따로 없다 마음이 부처
모든 것 비우라 물거품을
본성은 본래부터 마음속에 있는 것

성마 72-1호 작전*

엠-16에 몸을 맡기고
헝클어진 정글
길 없는 길을 만든다
뚝뚝 떨어진 물방울
빨랫줄의 빨래가 놀랍다
거미줄 같은 땅굴
미로의 길을 찾아라
엠-16은 나의 수호신

철모가 귀찮았다
방탄조끼는 땀에 절어 달구어진 살갗을 짓누른다
더 나갈 수 없다
무전기 안테나가 태풍처럼 흔들거린다
교전! 교전! 독수리 날아라! 지원 바란다!
무전병의 애원이 애처롭다
조그마한 언덕배기 고지가 암벽처럼 높다
참호 속으로 뚫고 들어오는 유탄
엠-16 알은 철모를 치며 지나간다
뺏고자 하는 자와
뺏기지 않으려는 자의 혈투
무공훈장은 죽음을 독려한다

어제 온 신병의 주검
판초 우의에 담아 헬기에 올려 보낸다
더운 스콜인가 눈물인가
씨레이션이 고지로 공수되었다

* 1972년 베트남전에서 수행했던 작전.

동쪽의 망국亡國

배암이 슬슬 기어 온다
발足도 없는 발豚足로
에덴의 동산, 낙원에
철조망을 뚫고 들어와
양을 통째로 먹으려다
다른
목장 주인에게
몽둥이찜을 당했다

에덴의 동산
아담과 이브는 긴 장죽대로 남초를 뻐끔뻐끔 태우며
양반 양반 야~앙~반 님네 하다
갈라진 혓바닥에 노예가 되어버렸네
사자에겐 물배암
개구리에겐 살모사
간드러진 혓바닥의 진실 같은 거짓말
양의 탈을 쓴 늑대

남지나해에 군함도가 가라앉고
침묵하는 백골들의 염원
먹구름은 붉은 태양을 삼키리

마파람은 히노마루를 꺾어 버리고

sos를 쳐 보지만 비껴가는 상선들

침묵하는 백골들의 염원

망부들의 통곡

고엽제

잣던 스콜 뜸하고
하늘에서
노란 비 내리네
갈증 난 나뭇잎
코카콜라인 줄 알았는데
잎맥으로 내려가는 길
목을 조이니
푸르댕댕한 얼굴
나뭇잎 하나둘 떨어지네

텅 비어버린 몸뚱아리가 안쓰럽다
만성 신부전증, 고혈압, 간경화, 지루성 피부염, 부정맥
떨어질 줄 모르는 거머리 흡판
나무토막이 툭 부러진다

허공에 뿌려지는 노오란 빗물

자아自我

상일동 간다면서
충정로역에서 내렸네
왜? 내렸을까.
여기가 어디지…
하얀 벽에 걸려 있는
내 초상肖像의 구름

사방을 둘러보아도
중심 잃은 점 하나
뱅뱅 돌아가는 나침판
울고 있소
무서운 망각

똥개

우리집영감마님은아흔아홉칸짜리솟을대문을지닌다분히재벌의소질을가진카리스마가철철넘치는싸나이중싸나이본업보다는도둑질이더쉬운지슬쩍슬쩍해온다통도커서하룻밤이면솟을대문이하나씩늘어난다나는이집을지키는똥개내가지키고있는데도영감마님은무엇이구린지셰퍼드까지풀어놓았다안방마님은꽁짜를너무좋아하셔서왕대머리가되셨는데항상가체를쓰신다이마님저마님들"대마님이것들어보세요,저것얹어드릴까요"숟가락에얹어드리면이빨없는잇몸으로오물오물잘도드신다하루는허둥지둥드시다왕창체하셨는데온고을이발칵뒤집혔다나는영감마님께충성을다하는똥개영감마님은정력도좋아십삼남일녀를두었고어찌어찌하다첩하나를뒷방에앉혔는데아들하나라하루는첩자식이솟을대문한채를독식하려다정실마님자식들이귀싸대기를올려부치고대갈통열세바늘짜깁기를했다정실마님손으로가리고낄낄낄영감마님은힘있는놈은무자비하게짓이겨밟아버리면서폐지줍는노인을보면차에서내려리어카를밀어주는싸나이중에싸나이가끔은나를보며"이놈의개새끼!재수없어!"헛발질도하신다영감마님은상賞을좋아하신다아침상저녁상개다리소반술상초상여러가지상중에서도회갑상을제일로꼽으셨다며칠전회갑날에어느돈많은영감꼬드겨잔칫상대신에이웃독거노인도와준다며인심

파팍썼었는데재주는곰이넘고칭송은영감마님이받았다어
느날코쟁이가회갑상을걸찌게차려왔는데입이함박만해지
고회갑상에오른모든산해진미는노인당으로보낸다하더니
노인당어르신들이입맛을다시며기다려도소식이없자말들
이많았다견디다못한영감마님"잔칫상음식은우리집똥개가
다먹어치웠다"말이나가자마자서슬퍼런나리들이나를개장
에넣고못질을해버렸네엄동설한에털옷도없이오들오들떨
기를한달남짓영감마님도노인들눈총은어쩔수없었던모양
이다나는영감마님이골프장에나가시면꼬리를흔들며아양
을부리는똥개똥개똥개. 똥똥똥똥개

귀신은 머허까잉

광주우체국앞으로가니께말이여군바리들이궁전제과앞에서부터관광호텔앞까지

니줄로질다랗게서있등만그란디군바리들앞에널룬널빤지한나있응께그것을방패삼어뛰어나갔었어삼양백화점지붕하고궁전제과지붕에시민들이가득혀돌맹이를던지고야단이낫드라고사람들한테위험하니께내려오라했어잽싸게다들내뒤로모이드라고그래서군바리들하고대치하게되얏는디내가그랬제"도청까지들어갈테니께느그는비께라""우리시민들집인디느그가워째막고그런디야"군바리들이즈그도명령을받고이제막왔다는겨못비께준다는구만그래서"느그지휘관을만나게해주라"했더니줄한가운데서중령계급장이나오드란말이여"우리이약으로합시다힘으로하믄피차다치니께"서로밀고밀리고하다가열두시경에전남일보앞횡단보도까지밀고나가부렀어솔찬히배도고팠제아짐씨들이주먹밥하나와환타한병씩을주길래시민들에게하소연했어"시민여러분!쬐깐만내말좀들어보시오!""우리도배고프지만저군인들도지쳐있당께요""자들은우리동상들이고조카들이오!""이주먹밥하고음료수를자들에게먼저믹입시다"우리시민들은전부그러자고했는디이썩을놈들이받아묵질안드랑께아까그중령을만나서우리시민들성이니께졸병들에게받아묵으라명령을내리라했지라명령을내리니께받아먹습디

다그라고한시간인가두시간인가되얐을거여애국가와님을
위한행진곡이금남로를뒤덮었고금남로를지키고있던장갑
차가움직이드랑께그라고콩볶는소리에정신을잃어부렀구
만요눈을뜬께전대병원입디다왼쪽다리가관통상을입었드
랑께요사십년이지난나는다리빙신이되얏는디36홀까지돌
려면,기십만원이든다는디재산이이십육만원밖에없다는그
인간우습잖여귀신은머하까잉.

고사리

그

조막손으로

자궁을 헤집고 나와

세상을 향하여 외쳐 보아라

"나는 이 세상을 정복한다!"

허상虛像

살아온 만큼 길이를 재어 봤어
100cm라면 75cm는 왔을 거야
융프라우를 오르는 트램만큼이나 헐떡였어
이젠 좀 천천히 가면 안 될까

시간은 속박이야
속박은 고통이거든
고통은 자신을 학대하고 고독은 시작되는 거야
고독이란 학대하는 강도의 정도에 따라 달라져
고독은 두렵고, 외롭고 무서워
우울하게 만들고
자칫 나를 잃게 될지도 몰라
대부분 그렇게 해서 자기를 버리거든

고독이 아지랑이처럼 보일 거야
고독의 상이 겹쳐서 신기루처럼 보여도
벗어나야 돼
자신을 버린다는 건 허상일 뿐

남현은 그의 人生歷程을 피를 토하듯 토해내고 있다.

남현의 生은 한마디로 기적 외에는 달리 표현할 적당한 어휘를 찾을 수 없다. 두 번, 세 번… 삶과 죽음의 경계를 몇 차례나 넘나들었던 불사조다. 이처럼 기구한 삶의 궤적을 그린 이를 또 어디서 찾아볼 수 있을까!

숨도 크게 쉴 수 없었던 同族相殘의 난리 통에 어미의 뱃속에서 遺腹子란 이름으로 아비를 잃었다. 암울했던 그 시절 일본 유학으로 신학문을 배웠다는 이유로 아비는 죽임을 당해야 했었다. 아비의 짝이라는 이유만으로 죽임을 피해 다니던 어미는 생후 수개월 된 핏덩이를 외할머니 품에 맡기고 숨을 죽이며 객지 친지 댁을 전전하는 신세가 되어야만 했다. 섬뜩했던 상잔의 광풍을 이겨낸 어미는 지아비가 남긴 삼형제를 껴안고 백척간두의 삶과 맞서는 '가슴앓이'라는 인고의 삶을 사시다 가셨다.

남현은 어미의 젖도 빨아보지 못하고 외할머니의 피눈물이 뒤섞인 밥물로 근근이 연명하고 있었다. 영양부족으로 면역력 결핍이었을까, 아뿔싸 천연두에 감염된 것이다. 온몸에 피고름 주머니를 달고 고열로 헐떡거리다 호흡마저 멈춰버린 핏덩이를 한의원이셨던 외할아버지께서는 머슴을 앞세워 바지게에 멍석말이로 뒷산 밤나무골에 묻어버릴 양으로 머슴에게 지워 앞세우셨다. 외할아버지의 지시대로 양지바른 밤나무 아래쪽에 구덩이를 파고 주먹만 한 핏덩이를 묻기 위해 멍석말이를 펼치는 순간 머슴은 깜짝 놀라 소스라쳤다. '어르신 아기씨가 움직이는데요!' 외할아버지는 애잔한 외손주와의 이별을 잠시라도 잊으려는 듯 빼끔빼끔 빨아대던 곰방대를 손에서 놓칠 뻔하였다. 추운 겨울 냉기에 노출되어 고열이 내렸는지 호흡이 돌아오고 움직임을 감지한 외할아버지는 울지도 못한 채 꼬물거리는 외손주를 품에 안아 귀가하셨다. '어이쿠 불쌍한 내 새끼!' 단말마로 품에 안은 외할머니의 지극정성으로 生을 다시 얻게 된다. 참으로 기가 막힌 생명의 귀환이었다. 지금도 뚜렷하게 각인된 시인 안면의 마마 자국은 이 가슴 시린 이야기를 증거 해주고 있다.

남현의 생에서 두 번째 기적은 군에 입대했을 때 월남 파병군으로 무작위 차출된 운명이었다. 많이도 죽었을 그의 전우들과 달리 총알이 빗발치던 월남전에서 용케도 죽지 않고 살아 돌아왔다. 참으로 끈질긴 生이다.

세 번째의 부딪침은 그의 詩에서처럼 만성신부전증으로 양쪽 콩팥 2개가 모두 망가져서 2-3일에 한 번씩 혈액투석을 하지 않으면 생명을 부지할 수 없는 절망적인 상황이 그를 덮쳤다. 보통사람 같았으면 거의 자포자기할 만도 했으련만, 어떻게 지켜온 生이란 듯이 그는 실낱같은 生의 끈을 움켜쥐고 또 움켜쥐고 놓질 않았다.

네 번째는 전광석화 같은 부딪침이었다. 10여 년 전 자동차운전 중 갑작스러운 심장마비와 맞닥뜨린다. 절체절명의 위급상황에서 대학병원응급실로 실려 가 심폐소생술

후 '제세동기'를 가슴팍에 이식하고 지금까지도 그는 씩씩하다.

다섯 번째는 반신마비 증상으로 그가 다니던 보훈병원에서 뇌출혈 진단으로 대학병원으로 전원 되어 뇌수술을 받고 회복되어 보란 듯이 지금은 건강한 몸을 되찾았다. 기적 같은 삶의 끈을 또 움켜쥐었다. 가히 불사조 같은 끈질긴 생의 모습은 주위 사람들에게 가슴 시린 놀라움 그 자체였다. 지금은 건강을 회복하여 밤새워 시를 쓰고 운동도 열심히 하고 있다.

그는 70을 넘긴 나이에 대학원에 진학하여 「백발 소재(素材) 시조 연구」라는 타이틀로 인문학 석사학위를 수여받았다. 참으로, 참으로 감탄과 찬사를 아끼지 않을 수가 없다.

남현의 언어는 삶의 가장 깊은 심연으로부터라고 한다. 남현의 내면은 진솔함과 순수함, 절실함이 충만 되어 있다. 때로는 매우 격정적이기도 하다. 나는 남현의 한평생을 지켜보면서 인간의 운명론을 부정할 수 없게 되었다. 인간은 태어나면서부터 숙명의 굴레를 피할 수 없는 서글픈 존재가 아닐까 하는 믿음을 갖게 되었다. 참으로 참으로 대단한 남현의 生이다.

인생 100세다. 남현의 부단한 정진에 격려의 박수 100번을 보낸다.

2022년 2월 3일 큰형이 격려의 말을 쓰다

■ 祝詩

다천茶泉

다천의 녹차
샘물에 우리니
혀 밑에 쌉쌀함
세상에 향 가득하네
농막에 앉아 석교 앞바다 바라보니
갯바람에 밀려온 주마등
백발노인 촌부부터
노숙자까지 가슴으로 안아주던
화타 50여년
오늘
희수喜壽를 맞이하네
만수무강萬壽無疆하소서

2022년 8월 24일 77회 맞는
형님의 생신을 축하하며

■答詩

一根三枝

애달프고 애달파라
인생길 세월 따라
유수처럼 흘러가니
꽃향기 빛나던 시절은 언제였던가

삶은 한낮 꿈이라고 했던가
싸늘하게 저물어가는 황혼
평생 얼마나 허망한
그림자에 얽매어 몸부림쳤던가
희수를 살아보니
가슴 시린 후회 가이없어라
동복형제, family
새삼 핏줄이 그리워짐을 어찌할 건가

사랑하지 못했다고 아파하지 말자
흘려보낸 것 주워 담을 것이 무엇이더냐
시절 닿으면 인연 맺어지고
때가 되어 헤어짐을
어찌할 건가
애달프고 애달파라

同腹 三兄弟 一根三枝

열린시학 시인선 150

친애하는 나의 살모사

초판 1쇄 발행일 · 2023년 04월 29일

지은이 | 박남현
펴낸이 | 노정자
펴낸곳 | 도서출판 고요아침
편 집 | 김남규

출판 등록 2002년 8월 1일 제 1-3094호
03678 서울시 서대문구 증가로 29길 12-27, 102호
전화 | 302-3194~5
팩스 | 302-3198
E-mail | goyoachim@hanmail.net
홈페이지 | www.goyoachim.com

ISBN 979-11-6724-129-0(04810)
ISBN 978-89-6039-754-5(세트)